반연식물 攀緣植物

반연식물

초판 1쇄 인쇄 2018년 8월 21일
초판 1쇄 발행 2018년 8월 28일

–

지은이 정봉렬
펴낸이 이방원

–

펴낸곳 세창미디어
출판신고 2013년 1월 4일 제312-2013-000002호
주소 03735 서울시 서대문구 경기대로 88 냉천빌딩 4층
전화 02-723-8660 팩스 02-720-4579
이메일 edit@sechangpub.co.kr
홈페이지 http://www.sechangpub.co.kr

–

ISBN 978-89-5586-532-5 03810

_ 책값은 뒤표지에 있습니다.

이 도서의 국립중앙도서관 출판시도서목록(CIP)은 서지정보유통지원시스템 홈페이지(http://seoji.nl.go.kr)와
국가자료공동목록시스템(http://www.nl.go.kr/kolisnet)에서 이용하실 수 있습니다.(CIP제어번호: CIP2018025701)

정봉렬 시집

반연식물

호모사피엔스처럼
똑바로 설 수 없을 바에는
차라리 식물로 남겠다

세창미디어
MEDIA

자서 自序

『반연식물』을 세 번째 시집으로 낸다.
만나고 보내고 기다리는 시간이 흐르는 동안
세상 보는 눈도 흔들리고 달라진다.
시는 떠나고 싶어 하는 나의 발목을 잡는다.

제1부 '그 남자의 노래'와 제2부 '벽을 넘어서'
그리고 제3부 '떠나는 자의 노래'에는
『기다림 속에는』 뒤에 새로 쓴 것을 정리하였고,
제4부 '다시 기다림 속으로'에는 전에 쓴 것도 있다.
특히 제4부의 연작시는 젊은 시절 임사체험이 안겨 준
미완의 짐을 이제는 내리고자 담은 것이다.

시는 아직도 나를 지탱해 준다.
가는 길이 멀고 고단할지라도
끝까지 동행해 주리라.

2018년 6월
鄭 奉 烈

차례

제2부

벽을 넘어서

제3부

떠나는 자의 노래

제4부

다시 기다림 속으로

제1부

그 남자의 노래

누명 陋名

남의 죄를 뒤집어쓴다
올무에 걸린다
아무리 몸부림쳐도 소용없다
아무도 쳐다보지 않는다

밤새 담을 몰래 넘어와
간통姦通한 바람의 죄를 덮고
누명을 쓴 꽃잎들이
어지럽게 떨어진다

탄핵 彈劾

탄핵의 뜻도 모르면서 꽃은
자기가 품은 열매가 누구의 씨앗인지
바람에게 화를 내며 캐묻는다
바람은 나무를 탄핵하게 되고
새들은 열매 속의 씨앗을 탄핵한다

삼국지에 나오는 궁노수弓弩手들은
탄궁으로 적병을 탄핵하고
일차대전 때 참전한 병사들은
총탄에 맞아 탄핵되었다

검사는 피고인을 탄핵하고
언론은 사실을 탄핵한다
역사는 진실을 탄핵하고
시인은 자신을 탄핵한다

표적 標的

자신이 표적이 된 사실을
늦게 아는 사람이 많다
아무도 몰래 일러 주지 않는다
다른 나라로 여행을 갈 수도 없다
표적으로 지목되면 뒤부터 들춰진다
자신도 표적을 향해 겨누어 보고
쏜 적도 있었지만 잊고 산다

자꾸만 발뒤꿈치가 아파 온다
발이 저려 오고 가슴이 답답하다
잘못한 것도 없는 것 같은데 불안하다
사방에서 화살이 어지럽게 날아온다
어깨를 넘어가고 발밑에 떨어진다

눈을 감는다
꿈이려니 생각한다

익명 匿名

때로는 이름 없이 살고 싶다
이름을 팔고 부르고 사는 세상
이름값을 제대로 하는 사람이
보고 싶다 그립다

복면 속에 얼굴을 숨기고
자기 이름까지 지우고도
잘 살아가는 세상이다
온갖 짓을 저질러도 뒤를 봐준다

갈등 葛藤

칡과 등나무는 같은 종족이면서
만나기만 하면 서로 뒤엉켜 싸운다
그런 원수가 따로 없다
등나무 줄기는 오른쪽으로 돌아가고
칡넝쿨은 왼쪽으로 휘감는다
풀리지 않도록 매듭을 끝없이 맺는다
황금의 손을 가진 마이다스
그의 아버지 고르디아스의 매듭보다
더 풀기 어려운 숙제를 남긴다
알렉산더대왕의 장검으로도
관운장의 청룡언월도로도 잘라 내지 못한다
임시방편으로 조정이라는 속임수를 쓴다
같은 콩과식물이라는데
등나무는 우파인 것 같고
칡넝쿨은 좌파인 것 같다

불신 不信

믿을 신信 자에는
소식이라는 뜻이 있다
신문이나 방송 뉴스가 소식이다
그래서 보고 듣기 전에는 믿지 않는다
꽃 소식을 화신花信이라고 한다
그래서 꽃이 안 피면 봄이 아니다

요새는 가짜 소식이 너무 많아
신문이나 방송도 못 믿는다
신문 끊는 집도 많다
방송도 먹는 프로나 가끔 본다
사실보도보다 추측기사가 더 많다
전문가는 안 보이고 돌팔이가 해설한다

믿을 신信 자에는
담보라는 뜻도 있다
담보를 잡혀도 못 믿는 세상이다
부모말도 정부말도 안 믿는다
나아가 자기 자신도 믿지 않는다
처분할 수 없는 신용불량자로 남는다

외면 外面

못 본 체한다
오래도록 기다려 온
그 사람을
그냥 지나친다

뒤돌아보는 것 같다
손을 흔드는 것 같다
그 사람도 나를 보았을까
반가와도 못 본 척했을까

길을 가다가
좋아하는 민들레꽃을
그냥 모르는 듯 스쳐 가다가
돌아가서 만져 보고 간다

못 본 척하고 지나간다
모르는 척하고 살아간다
쌓이는 후회를 모아
민들레 꽃씨에 날려 보낸다

면책 免責

가슴에 열불을 질러 놓고도
아무도 책임지지 않는다
이렇게 뭇꽃을 어지러이 핏덩이로 피워
정신을 산란하게 해 놓고
달아나 버린 바람도

아무도 책임이 없다고 한다
생각나지 않는다고 한다
모른다고 한다
바람이 부는 대로 했을 뿐
꽃봉오리 맺힐 땐 잠들었다고 한다

지금은 아무나 면책특권을 주장한다
거짓 진술 요령은 판검사들에게서 배운다
자기는 깨끗한 척 남을 공격하다가
옛날에 차 버린 사람이 나타나면
억울하다고 음모라며 증인을 요구한다

바람은 법정에 출석하지 않는다

모순 矛盾

인생은 이율배반 사랑도 이율배반
사랑도 인생도 모두가
모순이라고 오해하지 말자
모순이란 성립되지 않는 거짓!
삶과 죽음 사랑과 증오가
비록 맞서는 명제로 나설지라도
동등한 권리를 주장하지는 못한다

그들의 종교는 어디서 왔는가
생명의 존엄을 내세우며
자살을 신화로 만드는……
사랑을 앞세우며
어리고 연약한 이들을 방패 삼아
증오를 기르는 그들의 교리는
어떤 신의 가르침인가

허위에서 태어난 모순을 팔고
이율배반의 철학을 자양분 삼아
총구로부터 나오는 권력으로
죽음과 증오를 오늘도 찬양한다

적중的中

한가운데를 맞히기란
사랑을 제대로 이루기란
참으로 어렵고 어정쩡한 일이다

과녁은 코앞에 나타났다 달아나고
바람은 회심會心의 순간에 뒤바뀌고
사람은 개보다 의리가 없다

양쪽 팔을 비틀고 몸부림치며
양비론兩非論을 신앙으로 살아온
중도中道의 비겁한 나이테를 보라!

그 중심에 솟아오르는 과녁을
방아쇠를 당기기 전에는 보지 못한다
말로는 쉽지만 한가운데를 맞힐 수 없다

약속 約束

변하지 않겠노라 손가락 걸어 놓고
언제까지나 함께하리라
손바닥으로 도장 찍고는
찍을 땐 다른 사람을 찍는다

바람 탓으로 돌린다
회오리바람이 불어와서
길을 잃었노라고
누가 누군지 모르겠노라고

사랑한다는 언약은
바람꼬리와 같이 사라진다
자신과 맺은 약속은
등기부에 등록되지 않는다

오늘도 축축한 바람이 분다

검객 劍客

검을 메고 가는 나그네는 검객이다
노래하는 나그네는 가객歌客이다
이태백李太白은 한때 검객이었다가
천고千古의 가객이 되었다
오늘날에도 검객이 있을까
검술도 뛰어나고 풍류도 아는
그런 검객이 이 땅에 살아 있을까
검을 진 떠돌이 가객이 있을까

검사의 검檢 자가 칼 검劍 자인 줄 알았다
검사는 칼잡이일 뿐 검객이 아니다
권력의 칼은 검이라고 부르지 않는다
아무리 무겁고 잘 들어도 검이 될 수 없다
검객은 좀처럼 검을 빼어 들지 않는다
검이 낡은 자기 집 속에 잠들어 있을 때나
검객이 노래하는 동안에는 녹슬지 않는다
주인을 지키는 검객이 된다

액자 額子

몸을 구부리지 말고
머리를 높게 쳐들고
천하를 똑바로 바라보라
불부고앙不俯高仰 직시천하直視天下

누구에게 하는 말인지 모르지만
당당하고 준엄한 말씀이
오래되고 맛있는 밥집 벽
아무도 관심 없는 액자 속에 갇혀
손님들을 내려다본다

벌이가 줄고 어깨가 처져도
소주 한 병 놓고 시국을 논하는 손님
핵문제와 탄핵을 구분 못 하는
잘 차려입은 부티 나는 손님들
겁먹은 표정으로 먹기만 하는 사람들
구속영장 청구를 남발한다며
법치국가가 아니라고 비분강개하는
누구도 알아주지 않는 우국지사들까지

액자 속의 글자들은 내려다본다
때로는 손님들의 각기 다른 주장마다
고개를 끄덕이는 주인을 째려본다
밥장사가 끝나고 설거지를 마치고
주인은 낡은 액자에 쌓인 먼지를 털어 낸다

선생 先生

어르신교통카드를 받았다
지하철과 수도권 전철
모두 다 공짜란다
그래서 지공거사地空居士라고들 부른다
나에게 거사는 과분한 호칭이다
도덕도 학예도 깊지 않고
숨어 사는 선비도 아니다
어르신이라는 말도 당치 않다
어른 노릇도 못 하고
이리저리 젊은이들 눈치나 보는
나 같은 늙은이에게는

드물게 선생님이라고 부르면서
자리를 양보하는 어른들이 있다
그런 어른들 가운데서 내가 찾는
선생이 숨어 계실지도 모른다
어른답지 못한 어르신
선생 아닌 선생님들은 차고 넘친다
선생님 말고 선생을 찾고 있다

회초리 들고 계신 선생이 보고 싶다
선생의 말씀을 듣고 싶다

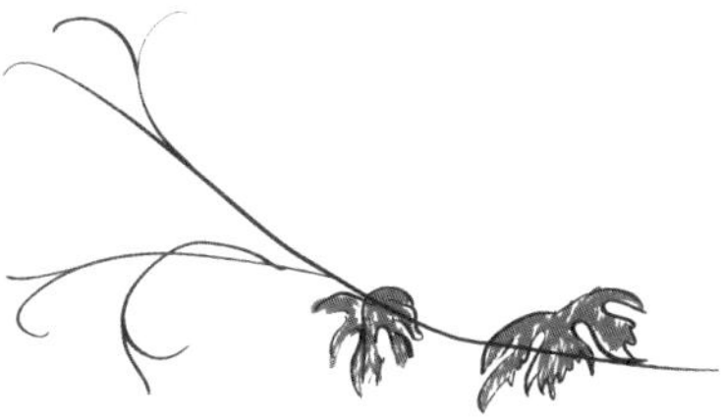

부호 符號

밀어 속에서 웅변 속에서
노래 속에서 문장 속에서
부호는 살아서 숨을 쉰다
되돌이표를 제외하고는
돌이킬 수도 거역할 수도 없는
똑바로 하라는 신호를 보낸다
아무리 좋은 글이라도
마침표 없이는 끝낼 수 없다

침묵 속에서도 자신을
말없음표로 드러낸다
권력자에게 비굴하지 않고
물음표로 이의를 제기한다
천천히 가다가 뛰어가라고도 한다
숨차면 쉼표의 오두막에 쉬어도 좋고
보기 싫은 사람을 만나면
괄호 속에 숨는다

사랑하는 사람과 헤어져도
느낌표 하나에만 의지하고 일어선다

밀실 密室

눈을 감아도 패자에게는
잠이 찾아오지 않는다

창밖에는 가을이 지나가고
지난 봄 그 전투에서 함께 부른 노래
아직도 눈앞에 쟁쟁이지만
지금은 혼자 불러도 외롭지 않다

불면의 기다림 속에는
밀실이 마련되어 있다
무기도 비밀번호도 없는 비밀의 방이
기약 없는 전장을 기다리며

공부工夫

하루라도 책을 읽지 않으면
목구멍에 가시가 돋는다
일일부독서一日不讀書 구중생형극口中生荊棘
안중근 의사가 옥중에서 휘호로 남긴
평생 동안 공부하라는 말씀이다
인생살이에 도움 되는 좋은 말씀은
옛날 책에 다 들어 있고
한자를 공부해야 공부할 수 있다
한자 공부는 어렵고
인생 공부도 마찬가지다

공부한 책을 한 권 두 권 세어 보기도 하지만
권卷 자가 두루마리처럼 만다는 뜻이 있어
살다 보면 이리저리 말려들기도 하나 보다
몸에 돋아나 같이 살아가는 온갖 털들은
털 모毛 자 한 글자로 충분하지 않아
머리카락은 발髮 자를 쓰고
매일같이 감고 빗겨 줘야 한다
구레나룻은 염髥 자를 쓰고

털수염은 수鬚 자를 쓰고
날마다 손질을 해야 한다

권발卷髮은 고수머리 권수卷鬚는 덩굴손
고단하면서도 살아가는 삶을 배운다

돈괘* 遯卦

주역의 육십사괘 가운데
이름도 이상스런 돈괘遯卦가 있다
돈遯 자를 파자破字하면
돼지〈豚〉가 달아난다〈走〉는 뜻이란다
우리에서 뛰쳐나온 돼지는
얼마나 도망가기 바쁠 것인가
둔주곡遁走曲이 없어도
박자에 맞춰 뒤뚱뒤뚱 잘도 달아난다

돈괘의 돈遯 자는
피해서 숨는다는 뜻이란다
괘의 형상이 하늘 아래 산이
자리하고 있는 모양이란다
어떤 산에 숨어 살라는 말인가
내려앉은 지 오래되고
은둔할 산천도 향리도 모르고
그리고 어디를 가도 잡으러 온다

아무리 숨차게 뛰고 숨어도

마침내 돼지우리를 벗어나지 못한다
왜냐고 묻지도 따지지도 마라!

* 遯 자는 '둔'으로 읽지만 주역의 괘는 '돈'으로 읽는다.

허물

때로는 이롭지 못하고
길吉하지 못하고 흉凶하기도 하지마는
허물이 없나니라 무구无咎니라
허물이 없으리라 무구하리라
평소에 못 보던 글자에 뜻도 어려운
주역에 자주 나오는 허물이란 말이
뱀이 허물을 벗고 기어가고
매미가 껍질을 벗고 한 시절 우는 것과
무슨 관련이 없을까

허물을 남기는 것을
가장 큰 부끄러움으로 여기고
살아간 옛사람들은
남의 큰 허물은 덮어 주고 감싸 주면서
자신의 작은 하나도 참을 수 없어
삼가고 조심하고 돌아앉고 물러앉았다

죽은 사람들의 이끼 낀 허물까지
들쑤시고 발라내는 칼 든 사람들에게는

아직도 냄새나는 허물이
짐승가죽 끈으로 묶여 있다
자신도 속으로는 알고 남들도 다 보는
이름보다 가볍고 얼굴보다 두꺼운
무지개 빛깔보다 더 고운 허물이

장승

어떤 이는 더 올라가라 하고
또 다른 이는 그만 내려가라 한다
어떤 현자는 그냥 앉아 있으라 하고
또 다른 지혜로운 자는 빨리 떠나라 한다

가야 하나 앉아야 하나
내려가야 하나 올라가야 하나
손을 놓기도 아쉽지만
붙잡고 있는 것도 우습다
땅만 내려다볼 수도 없고
빈 하늘만 쳐다보기도 민망하다

주저앉지도 가지도 못하고
우두커니 서 있는 장승의 눈썹 위로
잿빛 회오리바람이 일어난다
하얀 낮달이 스쳐 간다

초록꽃

초록꽃을 보았는가
잘 가꾼 꽃밭에서도
온갖 들꽃 피는 벌판에서도
초록색 꽃은 볼 수 없다

꿈속에서는 필까
강 언덕 저쪽 바다 건너면
저절로 피고 진다는
무위無爲의 나라에는 피어 있을까

자유自由라는
스스로 비롯된다는 신의 뜻에 따라
바람은 차고 더움에 따라 움직이고
꽃들은 저마다의 색깔을 내며 죽고 산다

권력보다 더 뾰족하고 무거운
색깔의 미련 덩어리 내려놓고
숲과 바다의 짙푸른 춤사위를 보라
풀잎에 나무에 파도 사이로 피어나는 초록꽃을!

초승달

아라비안나이트에 나오는
하얀 날이 선 칼이다
저 칼로 간부姦夫의 목을
어떻게 댕강 잘랐을까
자신의 몇 번째 부인의 불륜도
저 초승달로 처형했을까

언젠가 하현달을 비수로 품고
자객이 되는 꿈을 꾼 적이 있다
초승달이건 하현달이건
독특한 검법을 배워야 한다
둥근 칼집을 물통으로 삼고
핏자국은 바닷물로 씻어야 한다

이제는 돌아서고 싶다
무협소설과 같이 원수는 안 보이고
익힌 무공은 효력을 상실했다
처단하고 싶은 자는 갈수록 늘어나고
초승달 한 자루로는 어림없어
보름달로 차올랐다 다시 기운다

비겁한 자를 위한 변명

나뭇잎이 등을 돌린다고 하여
바람을 욕하지 말라
바람이 불어오기도 전에
둥지를 떠나는 철새가 있고
잠시 지나가는 소나기에도
천둥소리보다 더 놀라는 가슴도 있다

나뭇잎이 우수수 떨어진다고 하여
나무를 탓하지 말라
비겁하기 위해서도 용기가 필요하고
용감하기 위해서도 겁을 먹어야 한다
칼집 속에 숨은 칼날 더욱 예리하고
뽑혀진 칼 더 이상 무섭지 않다

어느 날인가 작별인사도 없이
도망치듯 떠나간 자들도
손 흔들어 보내 줘야 한다
또 보자며 아쉬워해야 한다
돌이킬 수 없는 강물처럼 떠나가지만
그 바닥으로 비겁의 춤사위가 흐를 것이므로

독설가 毒舌家

도수가 높다고 해서
다 독주가 되는 것은 아니다
겨우 한두 잔 마시고도
독설毒舌이 쏟아져 나온다면
아무리 약한 술이라도
그 술은 독주라고 불러야 하리라

혀에 독이 묻어 있지 않아도
독설이라고 매도한다
그가 하는 바른말 올곧은 말은
모두 다 독설이라고 비난한다
사극이나 무협영화에 나오듯이
술잔에 미리 독을 발라 놓은
비겁한 승리자는 박수갈채를 받는다

독주를 마시지 않아도
술 한 방울 마시지 않아도
어쩔 수 없이 그는 독설가가 된다
목이 쉬어 침묵할 때나 쉴 때도

독을 배양하는 절정고수로 불린다
누구도 맞서기를 꺼려 하는 천하의 협객이 된다

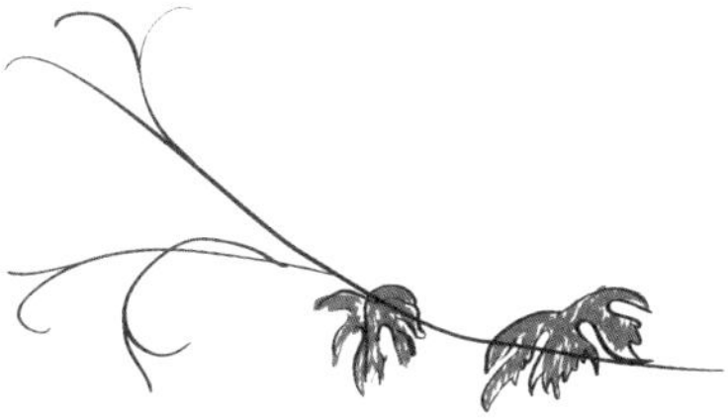

사무라이 영화

영화를 한 편 보려고 했더니
극장마다 같은 국산영화만 상영한다
스토리도 감독과 출연배우도 잘 알려진
시작부터 결말이 뻔한
국산영화는 못 보겠다
작은 삽화 안에 거룩한 의미 부여하고
관객을 가르치려 든다
갈등요소 없이 편이 갈리고
특별한 장면으로 감동을 강요한다
어떻게 극장마다 같은 영화만 틀어 주나

집에서 영화방송을 뒤진다
미국영화 중국 무협영화도 다 비슷하다
국산영화나 마찬가지로 재미없다
우연히 사무라이 영화가 지나간다
산속에서 홀로 부싯돌을 부딪쳐서
가랑잎으로 불을 지피는 나그네가 있다
자기 모습이 물에 어리는 개울가에서
숫돌에 칼을 가는 사무라이가

구름에서 빠져나온 초승달에다

하얗게 날이 선 칼날을 비춰 보고 있다

보기에 따라서는

보기에 따라서는
여러 갈래로 갈라지는 지점이
여러 군데서 모여지는 곳이다

보기에 따라서는
왼편이 오른편이 되고
오른쪽이 왼쪽이 된다

샛노란 산수유山茱萸도
이팝나무 새하얀 꽃잎도
바람에 등을 돌리면 색깔이 달라진다

많이 먹은 편이 더 껄떡거리고
묶여 있는 자가 더 자유로워 보인다
스친 듯 보기에 따라서는

건널목에 서서

초록색 신호등이 켜져도
건너가지 못할 때가 있다
빨간 신호등인데도
뛰어서 건너가기도 한다
바람도 차도 없는 건널목에서
빨간불만 켜져 있는
고장 난 신호등 앞에서 기다린다
붉은색과 노란색이 같은 편이었고
파란색은 다른 편이었던 기억이 나서
초록색 신호등이 켜질 때까지
기다려야 하나 넘어가야 하나
법을 지켜야 하나 어겨야 하나 망설인다
집 나온 개가 건널목을 가로질러 간다
개가 건너간 방향으로 얼른 건너간다
목을 돌리고 좌우를 살피면서

모서리에 앉다

모서리에 앉지 말아라
어릴 적 어른들이 가르쳤다

어른이 되어서
여럿이 자리를 같이할 때마다
모서리는 피해 앉았다
속으로는 미안해하면서

왜 모서리에 앉지 못하도록 했을까
아직도 모르고 알 수 없다
어른들은 아무도 안 계시고
다른 사람에게 아는 척도 못한다

이제 좋은 자리는 비워 두고
형편에 따라 모서리를 찾는다
오른편 왼편이 다 보이는
속까지 훤히 들여다보이는 모서리에

그늘에 서서

그늘에 서서
폭양 내리쬐는 강물을 본다
앉을 자리 보이지 않고
나아가기도 겁이 난다

강물도 숨죽이며 흐르고
나뭇잎은 바람에도 잠든 척한다
사람 소리 한적한 거리에는
주인 잃은 개들이 짖어 댄다

땡볕이 산등성을 비껴 나면서
그림자도 기다랗게 줄어든다
민들레꽃도 피지 못할 좁은 그늘에 서서
넓은 하늘을 바라본다

강물은 바닥을 휘돌아 바다로 가고
나뭇잎은 바람 몰래 열매를 키운다
동서남북 상하좌우 겉과 속까지
다 보이는 그늘로 나는 다시 펴진다

자귀나무 꽃 피는 골짜기에는

자귀나무 꽃 피는 골짜기에는
골바람도 공손하게 몸을 낮추고
다람쥐도 조심조심하며
상수리나무를 오르내린다
무서운 눈을 하고 노려보지도 않고
기울어진 비탈에 서 있어도
넘어져서 자리 사라질 걱정도 없이
절 종소리에 몸을 정갈하게 다듬는다

자귀나무 꽃 피는 골짜기에는
물이 맑아 발을 씻어도 좋고
자귀나무처럼 머리를 감고
마음을 빗질하면 더 가지런해진다
담홍색 꽃잎이 떨어질 때에도
어지럽지 않도록 사뿐히 내려앉는다
자귀나무는 학문 깊은 은둔지사다
그 골짜기에 가고 싶다

그 남자의 노래

들어 보았는가
쉰 목소리로 목 메이게 외치며
박수갈채도 바라지 않는
고독한 그 남자의 노래를

비탈진 언덕에서
문 내린 시장바닥과
다들 돌아서는 빈 광장에서
그 남자는 노래한다

양심의 기만을 찌르며
위선의 안개 속을 헤치고
비겁의 장벽을 넘어 절규하는
그 남자의 노래는 울려 퍼진다

안 보이다가 숨어 있다가 몰려온다
춤추며 환호하며 같이 부른다
눈물로 부르는 그 남자의 노래는
마침내 우리의 노래가 된다

제2부

벽을 넘어서

반연식물 攀緣植物

호모사피엔스처럼
똑바로 설 수 없을 바에는
차라리 식물로 남겠다
깜깜한 시간 너머 어지럼증 속에서
동물로의 진화를 포기한 탁월한 선택이
산짐승보다 빨리 움직이고
인간의 손보다 더 정직한
덩굴손을 가지게 하였다

만물의 영장이라는 사람이나
백수의 왕이라는 호랑이도
낯선 곳에서 만나는 바람 소리에
눈썹을 곤두세우며 긴장하지만
처음 만나도 반갑다고 악수를 청한다
밤새 찬 이슬에 젖은 꽃잎과
마른 나뭇가지에도 담벼락에게도
얼마 남지 않은 체온을 나누어 준다

자기밖에 모르는 터줏대감의 텃세와

독재자의 강한 무기를 상대할 때는
물러서거나 두려워하지 않고
더위잡고 타고 올라
가늘고 여린 손으로 목을 감고 조른다
마침내 머리끝에다 꽃을 피워 주고
푸른 하늘을 향해 자유를 외친다

절뚝거리며 걷다

앞니가 빠져서
먹기도 사납고
남 보기도 흉할 것 같아
집 안에만 처박혀 있었다
친구들이 불러 좋아라고 나갔다가
발목을 접질리고
절뚝거리며 걸어왔다
요전에 주역에서 건괘蹇卦를 만났었다
나가지 말라 경고했다
십 리도 못 가서 발병 난다고 했었다
건蹇 자가 절름발이라는 뜻인 것을
옥편을 찾아보고 이제야 알았다

프라하의 민들레

내가 제일 좋아하는 꽃 민들레는
고향 언덕에서만 피는 꽃이
아니라는 것을 어찌 몰랐을까
옛 발해의 땅 우수리스크에서 본 민들레는
바다를 건너 산맥을 넘어
고향 땅에서 날아간 줄로만 알았다

젖을 떼려고 엄마 젖에 바른 소태맛보다
더 쓰고 진한 하얀 눈물을 간직하고
프라하 근교 집단농장 논두렁에도
노랗게 지천으로 민들레는 피어난다
서울에서 공부한 통역에게 물어본다
뽐뵈리시카… 프라하에도 천지로 피어난다고

천랑성 天狼星

남극해의 파도가 아득히 밀려드는
남南뉴질랜드 어느 바닷가에서
밤하늘을 밝히는 시리우스를 만났다
천랑성이 나타났다
나라가 어지러울 나쁜 징조다
어렸을 때 들은 기억이 어슴푸레하다

사람 눈으로 볼 수 있는 별 가운데
가장 크게 반짝이는 붉은 별
주먹만 한 것이 번쩍번쩍거린다
머리 위로 혜성이 떨어지는 줄 알았다
천랑성이 출현하면 흉년이 들거나
나라에 액운이 닥친다고 하여
백성들의 근심을 불러온 별

머나먼 남국에서 목이 빠지도록
저토록 찬란한 별을 쳐다본들
나라에 무슨 해를 끼칠 것인가
그래도 걱정이 일어 서툰 천문을 본다

바람은 거꾸로 불고 별들도 낮이 설다
밤이 깊어 가고 천랑성은 더욱 빛난다

가훈전시회家訓展示會에 와서

가훈전시회가 있다고 해서 왔다
뼈대 있는 가문들의 귀한 가훈들이
비싼 액자와 족자 속에 갇혀 있다가
명필 글씨로 살아나서
관람객을 관람한다

공맹노장孔孟老莊의 가르침들이다
부처님 예수님 말씀도 있다
학교에는 교훈이 있고
회사에는 사훈이 있다
국민학교라고 했던 초등학교 때는
해마다 바뀌는 급훈도 있었다
국가도 집 가家 자가 들어 있으니
국가훈은 없었나 생각해 본다

나는 가훈들을 적어 가며 읽어 본다
가훈들은 나를 노려보며 비웃는다

성현聖賢 말씀

노자는 말을 하지 말라고 가르치고
공자는 할 말 하며 살라고 가르친다
장자는 어리석게 살아가라고 하고
맹자는 올바르게 행동하라 한다

낮에는 공자 맹자
밤에는 노자 장자
뒤집어 이해해도 마찬가지
알아도 몰라도 살아가는 성현의 가르침

아무도 지키지도 않고
알아들을 수도 없는 악기 없는 반주
먹고 노는 것보다 쉽고
일하는 것보다 더 어려운 성현의 말씀이여

병법兵法 공부

늘그막에 병법을 공부한다
제갈공명이 이십 대 초반에 통달하고
모택동이 도망 다니면서 공부한 병법
그 싸워서 이기는 법을 지금 공부한다
어디에다 써먹지도 못하고
싸울 상대도 없지만
밑줄을 그어 가며 공부한다
화공火攻을 공부해서 불을 놓고
수공水攻을 연구하여 둑을 쌓는다
돈을 풀어 첩자를 심고
때로는 아까운 미인계美人計를 쓴다

이기기 위하여 온갖 꾀를 쓴다
핵심은 기만이다
속이는 자가 이기고 속는 자는 진다
병법 가운데 유리할 때 공격하고
불리하면 도망치는 것이 제일이라는
비겁한 삼십육계 줄행랑을
가장 열심히 파서 익힌다

다른 사람보다 뒷줄에 서고

남들보다 앞장서서 달아난다

용꿈

용꿈을 꾸고 깨어나서
찬물을 한 사발 마시고
다시 눕는다
돼지꿈을 꾸면 재수가 좋다는데
평생 동안 꿈에서
돼지 한 마리도 보지 못했다
용꿈이 틀림없다
이 나이에 용꿈이라니
태몽일 리도 없고
출마한 것도 아니다
젊은 날 낙방했던 과거시험을
꿈에도 다시 보지 않았고
남의 꿈을 대신 꿀 리도 없다
아직도 남아 있는 꿈이 있나
욕심인가 허망한 집착인가
울긋불긋하면서도 끈적끈적한 감촉이
징그럽지도 않은 생생한 용꿈이다
용꿈을 꾸고 바닷가에 나가서
파도에 쓸려 온 고래를 잡았다는

어부들의 이야기가 생각난다
복권이라도 한두 장 사야 하나
깜깜한 밤중에 천둥번개가 친다
창문이 덜컹거리고 폭우가 쏟아진다

유년의 풍경 속에는

오랜 가뭄 끝에
우물도 깊어진다
길기도 한 두레박줄도
몇 뼘이나 더 늘어난다

물 긷는 아낙네들은
붉게 핀 석류꽃을 바라보며
목마른 세월을 건져 올려
물동이에 붓는다

마르지 않는다는 우물이라서
눈물도 마르지 않는 사연들이
꽃잎 날리는 바람을 이고
전설이 쌓인 돌담길을 되돌아간다

앞산 늙은 소나무 가지에
누런 달이 걸리는 저녁에도
다 못 채우는 기다림을 안고
바닷소리에 두레박을 허공에 건다

새끼 꼬기의 추억

새 짚단에 물을 살짝 담갔다가
가지런히 간추려 모아 놓는다
시작되는 매듭도 없이 새끼줄을 꼰다
삼태성이 돌아가는 겨울밤이면
어른들은 모종방에 모여 앉아
새끼를 꼬면서 세태를 비비 꼰다

한 줌 지푸라기가
팽팽한 힘줄이 된다
막걸리 주전자가 비어 가고
짚단의 두께가 내려앉으면
새끼줄이 방구석을 다 차지한다
연약한 짚으로 시국을 세게 꼰다

끝나는 매듭도 없이 새끼를 꼰다
오른쪽 왼쪽 편 가름도 없이 꼬아 간다

짚신

짚신을 다 신고 나면
거름으로도 쓸 수 없고
땔감도 할 수 없다고
정성을 다해 짚신을 삼으시며
할아버지는 말씀하신다

지푸라기 한 가닥 한 가닥씩
요리조리 엮고 비틀어 가며
밑바닥까지 손질한 짚신은
칼에도 베이지 않고
장맛비에 젖어도 부풀어 풀리지 않는다

나중에 자라서 더 공부해서
세상에 나가거든 짚신 삼듯 하고
물러날 때는 짚신 버리듯 하라고
고무신도 있고 운동화도 있는데
짚신을 왜 삼는지 묻는 손자에게 말씀하신다

다 신은 짚신 내다 버리는

산길 후미진 언덕 밑에는
빗자루 귀신이 되었다는
노란 대가 자라나고
짚신은 썩어서 가끔 도깨비불로 살아난다

깜깜하고 이런 밤이면

깜깜하고 적막하기도 한
이런 밤이면
창을 열지 않아도
별이 반짝이며
가슴속으로 밀려온다
까마득하고 그리운 이름도
아득해지는 이런 밤이면
번들거리는 강물이 손짓하며
청춘의 나루터로 흘러간다
깨소금을 흩어 놓은 것 같은
별 이야기가 쏟아지던 바닷가에서
목청껏 외쳐 부른 노래가 울려 퍼진다
깜깜하고 기다림에 결박된 채로
불면의 포로가 된 이런 밤이면

들꽃

한 가지 꽃만 피게 해서야
무슨 꽃밭이 되랴

한두 가지 색깔로만 무성하다면
그게 무슨 숲을 이루랴

사색당쟁四色黨爭으로 싸우고
각인각색에 형형색색 일어서는 들꽃

아침저녁으로 노을빛이 변하고
철마다 다른 목소리를 내는 풀꽃

누가 아는가 저 바람을
민들레 꽃씨 흔들어 주는 저 불씨를

꽃들은 쟁투하지 않는다

잘 가꾼 꽃밭에서나
아무도 이제는 찾아오지 않는
버려진 산과 들에서도
풀과 나무 자라고 꽃들이 핀다
어디서 날아와서
뿌리 내리고 싹을 틔워
눈부신 빛을 뿌리며 자라난다
목마름을 참고 뜨거움을 견디며
언 땅을 쓸고 가는 눈바람 이기고
까마득히 잊어버린 자기 색깔로 피어난다
서로 키를 재 보지 않아도
촌수 따져 보지 않아도
모두들 제자리를 찾아서 큰다
꽃이 다투어 핀다고 누가 말했는가
무슨 나무 어느 꽃 어떤 색이
제일이며 최고라고 값을 매겨 파는가
색깔은 뽐내지 않고 서로 비춰 주고
꽃들은 쟁투하지 않는다

다리

섬들과 육지들을 잇는
다리가 놓이면서
사람들은 인연을 잊었다
보이지 않는 끈이기에
잃어버린 줄도 모르고
거친 파도도 쓸어 가지 못하는
목숨보다 귀한 정신줄을
강물과 바다에다 던져 버렸다

다리가 놓이고 난 뒤로
철새들도 날아다니지 않는다
사랑하는 사람도 버리고
자신의 이름조차 쓸 줄 모른다

파도

사랑하는 사람을
똑바로 바라볼 수 없는 것은
눈이 부셔서가 아니다
눈이 멀어서가 아니다

한편으로 비켜서서
바라보기만 하는
아득한 수평선 위로
해와 달 뜨겁게 솟구칠 때마다

하늘과 바다 하나 되는
꿈속의 만남
꽉 잡은 손 풀어질까
깨어날 것 같은 조바심 탓도 아니다

모래톱 위에 맨발로 선
상처투성이 발목을 휘감고는
속절없이 물러서는 파도 때문이다
스러졌다 살아나는 얼굴 때문이다

고향

새벽을
함께 마중하지 못하지만
겨울밤을
같이 잠들지 못하지만

언제나
가슴속에 피어나는
아지랑이 같은
아련한 그리움

노을

기다림에 지쳐
발가벗은 하늘 끝에
주저앉은 그리움

부딪칠 듯 멀어지고
부서질 듯 다가오며
사라져 가는 얼굴

청춘 靑春

젊은 시절의 꿈을 꾸었다

시험장에서 답안지를 작성하다가
지리산 천왕봉에 오르는
숨이 찬 꿈을 꾸었다

저만치 나타났다 사라지는
오색구름을 만지려고
창공 속으로 내민 손

물컹한 감촉에
깜짝 놀라
꿈에서 깨어났다

무엇이었을까
부드러우면서도 소름 돋게 하는
징그러우면서도 사무치게 하는

그것은 그것은 그것은……

여명 黎明

어둠이
불러온 검은빛

별빛이
보내온 푸른 꿈

애기동백

한겨울에 전해 온 편지
지난봄부터
창가에
기다리고 있었네

안으로만 다지고 쌓아 온
그리움
뜨거운 입술 내밀고
일어섰네

개망초꽃

이슬비 내리는 날
있을 사람 떠나보내고
개망초꽃 널부러진 들길
가랑이 흠뻑 적신 채 돌아오네

가랑비 내리는 날
가라는 사람 가지 않고
애꿎은 개망초꽃만 바라보다가
가 버린 사람 원망하네

떠나보낸 사람이나
주저앉은 사람이나
제 가슴마다 하얀 꽃잎
흔들흔들 떨어지네

필부匹夫의 노래

어찌하여 살집도 없는 옆구리에
소리 없이 비수를 들이대고
거짓을 강요하시나요
공자께서 이천오백 년 전에
삼군三軍의 위력으로도
저 같은 사람의 뜻은 빼앗지 못한다고
선언하신 걸로 알고 있습니다만
당신들은 모르시나요 무식한 것인가요
요새 아이들도 어른 말 듣지 않고
수틀리면 집 나가는 세상이니까
기분 나쁘면 자존심 상하면
이민이라도 가라는 것인가요
저는 가진 것도 없고
가방끈도 짧아서 움직일 수 없습니다
그리고 말 나온 김에 하나 물어봅시다
왜 비슷한 노래만 들어야 합니까
왜 같은 색깔의 꽃만 아름답다 하십니까
된장국에 말아 먹든 고추장에 비벼 먹든
젓가락질을 오른손으로 하건 왼손으로 하건
뭔 상관이여 저 같은 사람들 엿장수 맘대로지

자연법 自然法 1

정의는 자연법 속에서만
살아 있다고 현실은 속삭인다
정의는 이긴다고
링컨 대통령이 한 말은 거짓이라고
살아 있는 권력은 부끄럼 없이 공언한다

살아생전 정의가 이기는 걸
만화책에서 말고는 본 적이 없다
플라톤의 공화국 안에서도
마르크스의 이데올로기 속에서도
정의는 실현되지 않는다

짐승이나 희고 붉은 꽃들은
자신을 속이지 않고
정의를 보여 주지만
사람들은 자기를 기만해야만
잘 살아갈 수 있다

힘이 곧 정의라는 말이 역사에 힘을 싣는다

정의를 찾아 도 레 미 파 솔 라 시 도
소리의 계단을 넘어 피타고라스는
정의가 사는 삼각형의 동굴에서
불의에게 죽임을 당했다—정의는 진다!

자연법 自然法 2

달은 찼다가 기울고
바다는 조수潮水로 밀려왔다
석수汐水로 물러가길 반복한다
물은 아래로 흐르고
불은 위로 타서 오른다
불과 물이 서로 만나
바람을 부르고 번개를 치게 한다
산은 제자리에 가만히 서 있지만
연못에 몸을 담그고
땅과 하늘은 마주 보며
정의를 바로 세우고
영원한 사랑을 나눈다
주역을 읽다 보니
이 나이에 변하지 않을
사랑의 자연법을 찾다 보니

벽을 넘어서

사경을 헤매다가 겨우 살아나서
덜 깨어난 채로 눈을 감고
노래를 부른다
힘은 없지만
음정 박자 정확하고
가사도 또렷하고 틀리지 않는다

병실은 벽으로 둘러싸여 있고
그에게는 천장까지 다 벽이다
벽에 부딪히고 머리를 찧고
넘어지며 살아온 숙명의 세월
그 넘지 못한 벽을 향해 노래한다
언젠가 스스로 익힌 노래를

손에 손 잡고 벽을 넘어서
그의 노래는 계속된다

제3부

떠나는 자의 노래

떠나는 자의 노래 1

잊어버리자 지워 버리자
사랑했던 사람들의 얼굴과 이름
그리고 그림자와 발자국을
함께 걸었던 호젓한 길과
어느 후미진 언덕 밑에서의
조바심 나는 입맞춤도 포옹도

떠나지 않으리란 약속
돌아보지 않으리란 맹세
손바닥 마주치는 부질없는 바람결에
무엇을 남겨 두고 어디로 떠나는가
맨 나중 홀로 떠나는 자의 노래보다
더 더딘 박자로 노래하며 떠나는가

길을 나서며

집으로 돌아가는 길인지
집을 떠나는 길인지
아무 요량도 없이 길을 나선다

하늘과 땅은
만물이 자고 가는 여인숙이라고
이태백李太白이 지금도 노래한다

기다리는 사람이 있는 곳도 모르고
누가 기다리는지도 알 수 없는
길을 찾아 나선다

그래서 공자님은 말씀하셨을까?
아침에 길을 알면
저녁에 죽어도 좋다고!

뻐꾹새

뻐꾹새 우는 새벽길
눈물 없이 찾아온 떠나야 할 시간

지나간 봄에는
그리운 사람도 없었나

어떻게 꿈속에서 만나고
누구와 헤어졌는지도 몰라

발걸음을 옮기면 다시 우는 뻐꾹새
가만히 손잡고 동행하는 이별

뒷걸음질

앞을 바라보면서
뒷걸음질한다

아예 돌아서면 오늘도
앞을 향하여 나아가는 길

앞만 바라보고 달려온 길
어제의 그 길과 닮았을까

뒤로 물러가기도 쉽지는 않아
활개는 똑바로 치면서 비틀거리고

총명聰明한 이를 찾아서

눈을 부릅뜬다고 해서
눈이 밝아지는 것은 아니다
귀를 쫑긋 세운다고 해서
밝은 귀가 되는 것은 아니다

귀 밝고 눈도 밝은 사람
어디에 사는지 알고 싶다
찾아가서 만나고 싶다
선생님으로 모시고 싶다

눈 어두워 잘못 뽑힌 사람들이
눈 흘기고 노려보고 내려다보는 세상
귀 어둡고 꽉 막힌 사람들이
남의 눈을 가로막는 이 땅에서

귀 밝고 눈 밝은 어른을 찾고 싶다
아니면 총명한 아이라도 보고 싶다

진주晋州행 완행열차

사방팔방으로 길이 나도
진주 가는 길은 언제나 멀다
가장 오래 걸린다
진주라 천릿길이라 했던가
완행열차를 타면 천 리도 넘는다

추억이 동행한다 빛바랜 흑백사진이
천천히 지나간다 아주 천천히
한 장씩 포개진다
맨 마지막 장에는 이름도 모르는
총천연색 꽃이 피어난다

어디서 기다리나 그 사람은
철길가에는 코스모스도 없고
붉게 핀 백일홍도 맨드라미도
기다리지 않는 새 역전 앞
옛날 그 다방에서 누구를 기다리나

회상回想 1

젊은 어머니는 베틀에 앉아
베를 짜고
아이는 베틀 밑에서 놀았다
어머니는
잠자리에서 읽어 주시던
유충렬전劉忠烈傳 이야기를
실이 풀리듯이 풀어내면서
북을 이쪽저쪽으로 던지고 보내며
베를 짜 나가셨다
증조할머니께서 야윈 무릎 살에 비벼서
한 올 한 올 이어서 감은 실타래가
홀쭉하게 줄어들고
마당가 감나무 그림자가
기다랗게 늘어지면
어머니는
부엌 아궁이에 낙엽으로 불을 지피고
아이는 부지깽이로
불장난을 하고 놀았다

회상 回想 2

육지에 처음 발을 디딘 날은
날씨도 좋았다
난생처음 말을 보았다
어른들은 몰이라고 말했다

배를 타고 육지로 건너갔다
바다 한가운데에 배는
가만히 서 있었고
크고 작은 섬들이 둥둥 떠다녔다

잔치 때문인지 큰 제사 때문인지
육지로 장 보러 가시는데 따라간 날
하늘과 바다는 똑같은 색깔
시장바닥은 사람들로 꽉 찼다

다들 어디로 떠나간 것일까
말이 끌던 달구지와 그 사람들은
그 하늘 그 바다와 움직이는 섬들은……
유년의 기억 속으로 그 배도 사라진다

별 이야기 1

짧은 여름밤
평상에 누워
별을 세다가 잠이 들었지
모깃불을 피워 놓고
어른들도 주무시고
혼자 깨어나 하늘을 보면
북두칠성이 자리를 옮겨 앉아
도란도란 이야기하면서
새벽빛을 기다리고 있었지

별 이야기 2

내 고향 남해 금산으로
한 해에 며칠 동안만 볼 수 있다는
그 별을 보면 오래 산다는 전설 따라
겨울밤을 꼬박 새우고 그 별을 찾아온다
별 이야기를 아는 사람에게만 보인다
엷은 미명 속에 나타나서 반짝이다가
하늘과 갈라지는 수평선 너머로 사라진다
사람은 누구나 오래 살고 싶어
노인성老人星이라고 부르고
사람의 수명을 관장한다고 남극성이나
남극노인이라고도 부르는 별
북반구에서는 북두칠성에게 갈 길을 묻고
남반구에서는 남십자성南十字星이
사는 길을 가리켜 준다는 바로 그 별이다
남반구의 어느 나라로 갔을 때
머리 위로 똑바로 선 그 별을 처음 보고
남쪽 나라 십자성은 어머님 얼굴
현인이 부른 '고향만리'를 목이 메여 불렀다
한 살이라도 더 살려고 열 번도 더 불렀다

별 이야기 3

치자꽃 하얗게 피는
고향 집 앞산 언덕에 오르면
텅 빈 밤바다 위로
삼태성三台星이 자리를 옮겨 가며
이야기를 전해 준다
고조할아버지 제사 올릴 시간을
할아버지께 알려 주는 별

만화책에는 이집트라는 먼 나라의
세 왕자가 오리온이라는 궁궐에 살고
왕비 카시오페아는 W 자로 생긴 미인이고
공주 이름은 안드로메다
다 함께 철 따라 하늘을 떠돌아다닌다
가장 크고 빛나는 별 베텔기우스
다음으로 반짝이는 별은 리겔
셋째 왕자의 이름은 까먹었다

우리 집 셋째 아들인 나는
잊어버린 이름을 찾아 돌아다닌다

이집트의 대大피라미드는
천상의 삼태성을 재현하여
같은 방향으로 배열했다고 한다
이집트에 가고 싶다
그 언덕에 다시 오르고 싶다

별 이야기 4

명왕성冥王星이 태양계에서 축출되었다
고귀한 행성의 자리에서 쫓겨났다
점성술사의 생계가 하루아침에 흔들린다
아득히 멀리 있고 위성도 하나 있고
태양을 한 바퀴 도는 데 이백오십 년 걸리는 별
이름 때문에 따돌린 것일까 저승의 별이여

점성학 책을 사서 별자리를 찾아보고
천궁도 읽는 법을 배운 적도 있었다
나는 쌍둥이자리 아내는 처녀자리
아들과 딸은 전갈자리
어떤 왕비와 대통령의 천궁도도 있었다

우주탐사선이 쫓아낸 명왕성까지 이르더라도
별은 반짝이는 것을 멈추지 않는다
아직도 만나지 못한 견우직녀를 기다리며
은하수는 반짝이면서 우주의 바다로 흘러간다
너의 별 나의 별은 가슴속에 이름을 새긴다

편지

언제 편지를 받아 보았는지
누가 마지막으로 보냈는지
끝인사도 없는 마지막 편지를
어디로 보냈는지 기억이 나지 않는다
만년필은 어디에 숨었을까
요금이 싼 관제엽서는
조금 비싼 봉함엽서는

정성스럽게 침을 발라야 붙는
우표를 이제는 잊어버렸다
밤새워 끙끙대며 썼다가 찢는
귀한 편지지는 보이지도 않는다
그래도 날마다 편지를 부친다
허공 속으로 날려 보낸다
수취인불명의 사랑하는 이름들에게

명함을 정리하며

이 사람이 누구더라
언제 만났는지
얼굴도 가물가물한
소중한 이름들은 버리고
떠올리고 싶지 않은 기억이
덕지덕지 붙어 있는 값싼 이름들은
차마 버리지 못하고 남겨 둔다

명함을 주고받고
건넨 악수의 체온이
수십 년 세월 동안 식지 않은 이름들만
특별히 골라서 찢어 버리고
목소리 한 번 들어 보지 못한
기억 저쪽 까마득한 이름들은
불러 보기도 전에 목이 잠긴다

이 겨울 아침에

그 겨울 아침
곱은 손 호호 불면서
부엌으로 나가시던 어머니
잔기침 참으시면서
장작을 쪼개시던 아버지

앞산 늙은 소나무 가지에는
지기 싫어 매달린 노란 달
찡그리고 있던
그 겨울 아침

아직도 일어나지 못하고
뒹굴뒹굴 빈둥대는
어머니 아버지의 그 겨울 아침
그 정겨운 기척 기다리는

이 겨울 아침에

메아리

어둠이 내린다

그리운 사람
차창 밖으로 달아난다

속으로만
이름을 불러 본다

가슴 쿵쿵거리며
메아리를 삼킨다

고백

그 바다가 보고 싶다
수평선에 닿을 수 없어
일상에 찢겨진 삶으로 잃어버린
그 바다의 반짝임을

밀려왔다 스러지는
모래톱에 뿌린 고백
너와 나 그림자 하나 되어
그 바다를 걷고 싶다

눈물

눈물이 눈물을 덮고
강물 위로 강물이 흐른다

침묵 위로 침묵이 눌러앉고
함성이 함성을 집어삼킨다

눈물 속으로
눈물이 마르고

강물 아래로
강물이 흘러간다

찔레꽃

어머니의 가슴 속에
피어나는 하얀 찔레꽃

젊은 날 가시밭길
헤치고 살아온 꽃

고단한 나날들도
돌아보면 꽃길인 양

환하게 미소 지으며
다가오는 어머니

꿈속에서

꿈속에서
어디론가 함께 걸어가다
깨어나서 찾아본다

앞장서지도 않고
뒤따라오지도 않고
옆에도 보이지 않는다

가을을 마중하러
먼저 떠났나
바람결에 자취 전해 온다

고목 枯木

이제 그대는
기다리는 사람도 아니고
길 떠나야 하는 나그네도 아니므로
새벽길의 빗소리에 단잠을 깨지 마오

나그네의 짧은 꿈속이라도
오랜 만남이었고
그대 기다린 그림자의
기나긴 기다림도 숨이 차오

단 한 번의 입맞춤으로 하나 되어
새 가지에 꽃봉오리 피운 숨결
그대 포근한 가슴에 안긴 바람도
별빛을 뿌리며 떠났다오

그대 빈 어깨 위로 노을이 지면
푸른 이끼와 삭정이가 사랑을 속삭이오

사월을 보내며

이제는 볼 수 없다
사월의 보리밭과
보리밭을 넘나든 바람도
이제는 찾을 수 없다
사월의 바닷빛과
바다를 가로지르는 돛단배도

잊히고 사라지는 것은
사랑했던 이름만이 아니다
바다를 건너온 목마름을 축이며
두레박질하던 우물가 앵두꽃도
보릿고개 너머로 휘날리는
민들레 꽃씨도 장다리꽃 물결도

봄 바다는 어디로 떠나가고

어린 시절
연락선 떠나가는 부둣가에서
누군가에게 손 흔들며
제자리에서 꼼짝도 하지 않고
파랗게 기다리기만 하던
봄 바다는 어디로 떠나가고

반짝이고 또 빛나는
눈부시지 않은 윤슬을 덮고
둥둥 떠다니던 섬들은 더 푸르고
함께 떠난 갈매기 떼는 돌아오지만
어디로 떠나갔나 기다리지 않고
빈 가슴 하얗게 쓸어내리는 봄 바다는

떠나는 자의 노래 2

떠나련다 이제는
그들이 오기 전에 다 남겨 두고
빼앗기기 전에 다 내주고 떠나련다
무거운 미련만은 짊어지고
한 번도 빼어 든 적 없는
칼집 속의 비수만 가슴에 품고

떠나련다 길 찾아 떠나련다
나침판도 지도도 버리고
손때 묻은 책이랑 혈압약도 두고
버릴 곳 없는 시 몇 줄과 조부님 지팡이와
어서 가자고 등 떠미는
둔주遁走의 바람과 함께

그러나 바라노니
바다가 보이는 창이 달린 방은
그대로 남겨다오
언제 돌아오는지 알려고 하지 말고
어디로 떠나는지 묻지도 말라
달 뜨는 저녁 조수와 함께 돌아오리니

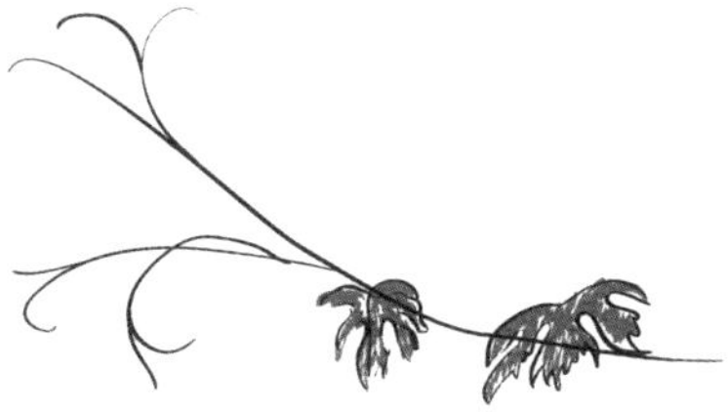

제4부

다시 기다림 속으로

다시 기다림 속으로

검은 새벽 창밖에서
누구를 기다리는 소리인가
잠을 깨우네

어젯밤
잘 자라고 인사 나눈
그 사람도 그립고

지나간 겨울
꽝꽝 얼어붙은
강물은 어디로 흘러갔을까

날마다 만나고 헤어지고
그리고 기다리는 우리는
반짝이는 그 바다에서 다시 만나리

코스모스

가을이
우리들의 젊은 날 추억의 뜰에
잠시 머무는 모양인가 했더니
벌써 겨울이 오고

또다시
저 세월의 산모퉁이 돌아서면
긴 기다림의 끝을 지나고 나서야
봄이 기다리고 있을 터이니

이제는 잊어야 하리
다시는 기다리지 않으리
손 흔들어 보내고 오는 길섶에서
누구를 기다리는 코스모스로 다시 선다

나비

나비야 나비야
이리 오너라

유년의 꽃밭에
사뿐사뿐 앉았다가
손을 내밀면
저만치 날아가던 나비

억새풀 무성한 고향 길
배롱나무 붉은 꽃 이파리 사이
지금은 나래 접고
뻐꾹새 소리 듣고 있네

어디로 갔을까
흔들리는 가지 사이로
숨바꼭질하던 낮달에 걸린 얼굴
팔랑팔랑 춤추며 유혹하던 그대는

안개꽃 1

깜깜한 가운데
새벽빛이 어린다
아픔은
안으로 삼키고

밖으로는
하얀 꽃잎으로 미소 짓는다
먼동이 트면
날개 파닥이며 날아오른다

안개꽃 2

안으로만 흐르는 강물
물안개로 피어나서
꿈길인 양 헤매다가
어느 바다 어귀에서 하얗게 만나는가

새벽과 아침 사이에 피어
그리는 그리운 사람
해질 녘 저문 하루가 져도
더욱 사무쳐 오는 꽃잎마다

먼 바다를 넘어
그리움이 밀려온다
밤을 뒤척이던 얼굴이
바람에 흔들린다

봄꿈

피면서 지는 꽃이 있고
꿈속에서
또 다른 꿈을 꾸면서
깨어나기도 하지요

손바닥만 한 땅 위에서도
회오리바람이 불고
천둥 번개 치는 날에도
청하늘을 봅니다

똑같은 오늘이 오고 가고
고단한 몸뚱이 짓누르는
봄밤의 꿈길 속 몸부림이
새로운 내일을 꿈꾸며 깨어나지요

안으로만 쌓여 온 함성 내지르고
빈 하늘 휘젓는 기지개 켜면서

민들레꽃

어디에 숨어 있었나요
유년의 땟자국 묻은 손 흔들며
이끼 낀 돌담길 걸어 나와
노랗게 웃으며 피어난 사랑

얼마나 먼 길 돌아왔을까
고개 하나 오솔길 한 길 두고
바다 건너 산맥을 넘어
처음의 뿌리를 찾아 흘러온 노래

길

다리를 건너면
흙먼지 이는 황톳길이라도
그늘 없는 자갈길이라도
그림자의 기다란 기다림이
함께 가는 새로 난 길
바람이 어디에서 불거나
그림자도 하나 되는 길

바다에 서면

바다에 서면 생명의 소리
윤슬이 되어 반짝이고
산 깊은 골짜기에 들면
풀꽃들의 작은 외침도 크게 울린다

해 지고 달 뜨는 시간이면
성난 파도도 숨을 죽이고
달 기울고 별 총총거리는 밤이면
새 생명 잉태하는 소리에 바람도 잔다

거울 속 그림자

같이 있을 때
떨어져 앉고 싶고
떨어져 있을 때
그리운 그 사람

만나면 만날수록
더 보고 싶고
헤어져 돌아서면
함께 가는 그 사람

풍경화

봄밤 같은
겨울밤

연인들이
손을 잡고

팔짱 끼고
몸 기대고

겨울을
가고 있다

회명
晦明

아침이 오기 전에
가장 짙은 어둠이 있지

산비탈 굽이굽이
끊어지는 벼랑 끝에 다다라서야

비로소 볼 수 있지
저 멀리서 손짓하는 바다를

이제 먼동이 트면
봄도 기지개를 켜고 일어나겠지

새벽 단상斷想

*

먼바다가 밀려와서
머리맡에 와 닿네
간밤에 불던 바람
꿈길 속에 잠들었나

*

겨드랑이 파고드는
새벽빛
추억의 계곡을 더듬는
간지러움

*

세월의 한 모퉁이에서 기다리는
청춘의 나루터
부리지 못한 짐 그대로 싣고
흘러가는 빈 배여

*

첫눈도 오지 않는
겨울 속에 피는 꽃
바다 건너 기다리는
봄 그림자

비익조 比翼鳥 1

이제는 보았네
바다에서 일어난 구름
하늘과 바다 만나는 그곳에서
새가 되어 날아오르는 것을

이제는 알았네
그리움의 주소 찾아
옹달샘에서 수평선까지 흘러
물빛 하늘 비상하는 사랑의 새를

비익조比翼鳥 2

우리가 기억할 수 없는
아득한 전설이 아지랑이로 피는 언덕
총명하고 어린 연인의 이야기가
새알을 품고 물빛 하늘 기다리고 있었지
아무도 볼 수도 알 수도 없는
인연의 손바닥 안에 숨은 작은 새집에는
실개천이 바다로 흐르고
외눈박이 새 두 마리
날개 한 짝씩 자라고 있었지

비익조 比翼鳥 3

왜 날지 못하나
가슴에 얼마나 무거운 꿈 실었기에
왜 보지 못하나
눈망울에 얼마나 부신 하늘 어렸기에

함께할 수 없으면 갈 수 없는 바다
나란히 하지 않으면 볼 수 없는 하늘
생명의 빛 뿌리며 날아올라라
영겁의 시공 넘나드는 사랑의 새여

비익조比翼鳥 4

사랑의 길 새로운 길
알고 보니 오래된 길

그 누구도 밟지 않은
비익조의 보금자리

끊어진 듯 이어지고
보이는 듯 자취 없어

아무도 알지 못하는 손바닥
살아 있는 핏줄이여

비익조比翼鳥 5

우리는 전생에 한 몸이었다

어둠 속에 칼바람 불어와
머리와 날개 동강 나서
창살과 가시로 싸인
음침한 뇌옥에서
우리는 살았다

우리는 날았다
절망의 벼랑에서
현생의 바람을 타고
무지갯빛을 뿌리면서
하늘 바다 만나는 수평선까지

내생에 우리는 한 몸이리라

비익조 比翼鳥 6

사랑은 영원하다고
우리가 바다와 마주했을 때
수평선이 다가와 일러 주었다

햇살이 아침 안개 깨부수면서
외로운 날개 나란히 펴질 때
우리는 하나가 되었다

비익조 比翼鳥 7

가슴 깊이 감춘 연모
뼛속까지 새긴 사랑
혼자서는 날 수 없는
비익조의 숙명이여
성냄 원망 하나 없고
그리움만 산을 이뤄
홑날개 외눈 나란히 하여
높이 더 높이 날아라

하늘 바다 만나는 곳
붉게 물든 수평선에
아련하게 피어나는
어린 태양 눈부시다
보아라 생명의 근원
사무쳐 오는 사랑의 빛
영원한 전설을 넘어
나래 나란히 펴고 날아라

회생기의 노래 1

건널 수 없는 낭떠러지
넘을 수 없는 넓은 강물
어떻게 날아왔을까

죽음의 소용돌이
그 검은 나이테를 돌아
무지개다리 타고 왔을까

돌아보면 갈 수 없는 나라
비껴 서면 쏟아지는 빛줄기
꿈이 아닌 한낮의 작렬하는 생명이여

회생기의 노래 2

혼자 걷는 길이었다
앞서간 사람 흔적 없는
뒤돌아봐도 아무도 뵈지 않는
외로운 길이었다

어떻게 그 길을 걸어왔을까
산새 소리도 솔바람도 없는 길을
별빛도 그림자도 없는
길 밖의 길을

회생기의 노래 3

어느 길로 가야 하나
여러 갈래 갈림길을

한번 들면 사라지는
가지 않은 꿈속의 길

꿈길 밖의 오직 한길
돌아갈 수 없는 다리

찬 서리 폭풍우 뙤약볕에도
멈춰 설 수 없는 길

회생기의 노래 4

꿈속에서 나를 만나
검은 계곡 걸었는데
천길만길 낭떠러지
길 끊기고 푸른 강물

오던 길로 돌아서니
까마득한 사막의 길
해 뜨는 하늘을 보고
새가 되어 날았지

회생기의 노래 5

포승줄에 묶인 채로
걸어온 길 비탈 언덕
손짓하며 출렁이는
절벽 아래 검은 바다
소리인가 빛깔인가
눈을 감고 떠돌다가
부르는 이름 따라서
빛을 찾아가는 길

흑암 속에 부른 이름
빛이 되어 길을 열고
적막강산 낭떠러지
손 내밀어 돌아선 길
몸을 떠나 헤맨 넋이
갈 곳 몰라 맴돈 언덕
달 뜨고 바다 보이는 그 길
함께 걷는 그림자

회생기의 노래 6

깜깜한 어둠 뚫고
이름을 부른다
천둥소리보다 더 크게
번갯불보다 더 밝은
소리와 빛의 합창
바다보다 더 깊고 푸른
하늘보다 더 넓고 맑은
사랑을 노래한다

회생기의 노래 7

바람이 아니었다면
이 아침 그대 미소 볼 수 없겠지
저 강물 이 가슴에 흘러오지 않겠지
바람이 아니었다면
사랑이 아니었다면
한 줌 흙도 찾지 못해
검은 허공 떠도는 민들레 꽃씨 되어
어느 삭정이나 돌덩이의 이끼 위에 앉아
달 없는 밤이면 쏟아지는
별빛만 바라보고 있겠지
이름도 잊어버리고 잊혀지면서

발문

떠날 데와 돌아갈 곳이 있는 이는 복되다
—정봉렬 세 번째 시집『반연식물』에 부쳐

최인호 (시인 · 언론인)

얼마전 타계한 배달말학자 김수업 선생은, 말을 "사람됨과 삶을 밝히는 열쇠"라고 보고 배달말을 베풀어 쓸 것을 힘써 가르치고 실천했다. 문학을 말꽃, 예술을 삶꽃으로 뒤쳐쓰니 그에 딸린 온갖 어지러운 갈래들이 가지런히 싸잡힌다. 시는 노랫말꽃, 소설은 이야기말꽃이다.

정봉렬 시인이 이번에 세 번째로 일백여덟 마리나 되는 '노랫말꽃'을 엮었다. 2011년 2월에 두 번째 시집을 내고서 여덟 해 만이다. 통상 사오십 편을 한 권 분량으로 잡으니, 실제로는 두 권 넘는 분량이다. 생업에 힘쓰면서도 마음을 놓거나 놀지 않았다는 얘기다.

무엇이 그의 마음을 놀지 못하도록 붙드는 것일까? 첫 시집『잔류자의 노래』, 둘째 시집『기다림 속에는』에서 보인 관심들과는 얼마나 멀어졌거나 바뀌어 있는가? 이런 물음에 답을 내는 것이 그의 시를 제대로 읽는 태도일 것이다. 하지만 이는 '정봉렬론'을 쓸 이의 몫으로 남긴다. 이번에 묶은 글들을 제대로 읽어 내는 데도 벅찬 까닭이다.

1. 부르는 이와 노래가 한 몸이 되는 '노래'

정봉렬 시인은 이야기도 웅변도 그렇지만 특히나 '노래'를 좋아한다.

이번 108마리 노랫말꽃 가운데 실제로 '노래'를 붙인 작품들이 꽤 된다. 「그 남자의 노래」(1부) 「필부의 노래」(2부) 「떠나는 자의 노래 1, 2」(3부) 「회생기의 노래 1~7」(4부) 들이 그것이다. 첫 시집 이름이 『잔류자의 노래』이기도 하다. 이 밖에도 숱한 작품에 '노래'가 나온다.

먼저, 「그 남자의 노래」는 두 가지 궁금증을 남긴다. '그 남자'가 누군가? 겉으로는 그 남자의 실체를, 곧 그가 누구인지를 잘 드러내지 않는다. 다음으로 궁금한 것은 그가 부르는 노랫말이다.

「필부의 노래」에서는 일단 '필부'라는, 곧 '보통사람'이란 한정이 있어서 큰 궁금증은 던다.

「떠나는 자의 노래」에서는, '떠나는 자'란 설명이 있어 궁금증이 좀 덜하다.

「회생기의 노래」는 '되살아나는 시기'란 상황 설정이 있어서, 그 당자가 시인 자신이라는 걸 짐작하게 한다.

이런 시편들 제목에서 '노래'를 빼놓고 보면 어떨까? '그 남자' '필부' '떠나는 자' '회생기'가 된다. 그랬을 때의 시는 어떤 모습을 갖출까? 아마도 '그 남자'가 대상이 되므로 그의 본모습을 드러내는 언급들이 좀 더 도드라지게 나올 것이다. 그러나 시인은 그러지 않는다. 그 남자, 필부, 떠나는 자들의 입을 빌려 노래한다. 한 다리 건너 제삼자에게 자신을 가탁하고 객관화하려는 뜻이 있는 것으로 보인다. 그 까닭이 있을 터이다. 좀 더 읽어 봐야 답이 나올 성싶다. 또 하나 궁금해지는 것이 '노래'의 본모습이다.

들어 보았는가
쉰 목소리로 목 메이게 외치며

박수갈채도 바라지 않는
고독한 그 남자의 노래를

비탈진 언덕에서
문 내린 시장바닥과
다들 돌아서는 빈 광장에서
그 남자는 노래한다

양심의 기만을 찌르며
위선의 안개 속을 헤치고
비겁의 장벽을 넘어 절규하는
그 남자의 노래는 울려 퍼진다

안 보이다가 숨어 있다가 몰려온다
춤추며 환호하며 같이 부른다
눈물로 부르는 그 남자의 노래는
마침내 우리의 노래가 된다

「그 남자의 노래」

여기서, '그 남자'가 누군지 궁금하긴 해도 그렇게 낯설지는 않다. 멀리는 예수나 석가, 공맹도 있고, 가까이는 노 아무개도 홍 아무개도 연상되지만, 마침내는 시인 자신이 아니겠는가. 그러니 이 노래는 노래 아닌 그림, '자화상'인 셈이다.

노래의 정체는 기만과 위선과 비겁을 녹이는 외침이다. 이 셋은 시인이 젊은 시절부터 그토록 지탱하고자 하던 '의로움'을 헤무는 패덕들이다. 그것은 몸과 마음을 나눌 수 없듯이, 마음 안에 같이 머무는 것이어서 칼로 도려내기도 어렵다. 아마도 그가 마음을 놓지 못하고 이를 시로써 확인하고자 하는 까닭 여럿 가운데 하나가 여기서 연유하는 바 커 보인다.

'노랫말' 궁금증은 다른 데서 풀어야 할 모양이다. 제2부 「벽을 넘어서」를 비롯한 「프라하의 민들레」「천랑성」「새끼 꼬기의 추억」「짚신」「파도」「고향」「애기동백」 들에서, 제3부 「찔레꽃」, 제4부 「민들레꽃」, 「비익조」 들은 그야말로 순순한 노래들이다.

「필부의 노래」는 좀 더 명쾌하다. '맘대로', 곧 우리 사회의 온갖 편견, 강요된 질서로부터 놓여남이다. 스스로 엿장수가 되어야 할 정도라면 조직인이나 시민으로서도 본인에게 미치는 핍박이 적지 않았던 걸 짐작하게 한다.

어찌하여 살집도 없는 옆구리에
소리 없이 비수를 들이대고
거짓을 강요하시나요
…
왜 비슷한 노래만 들어야 합니까
왜 같은 색깔의 꽃만 아름답다 하십니까
…
젓가락질을 오른손으로 하건 왼손으로 하건
뭔 상관이여 저 같은 사람들 엿장수 맘대로지

「필부匹夫의 노래」

2. 여기는 어디며 저기는 어딘가?

「떠나는 자의 노래」는 "맨 나중 홀로 떠나는 자"이며, "그들이 오기 전에" 미련과 말, 비수와 지팡이와 바람과 함께 떠난다. 저녁 미세기로 돌아오리라며…. 정봉렬의 '뜻'은 이렇게 떠나고 돌아옴이 반복된다.

떠나련다 이제는
그들이 오기 전에 다 남겨 두고
빼앗기기 전에 다 내주고 떠나련다
무거운 미련만은 짊어지고
한 번도 빼어 든 적 없는
칼집 속의 비수만 가슴에 품고

떠나련다 길 찾아 떠나련다
나침판도 지도도 버리고
손때 묻은 책이랑 혈압약도 두고
버릴 곳 없는 시 몇 줄과 조부님 지팡이와
어서 가자고 등 떠미는
둔주遁走의 바람과 함께

그러나 바라노니
바다가 보이는 창이 달린 방은

그대로 남겨다오
언제 돌아오는지 알려고 하지 말고
어디로 떠나는지 묻지도 말라
달 뜨는 저녁 조수와 함께 돌아오리니

「떠나는 자의 노래 2」

이는 정봉렬 시인이 1987년에 낸 첫 시집 『잔류자의 노래』와 견줄 필요가 있겠다. 그때 시인은, 모든 이를 배웅하고 혼자 남은 처지에서 자신도 '떠나고 싶다'고 노래했다. 그로부터 서른 해를 넘기고 마침내 '떠난다'. 그동안 그가 금융인, 경제학자로서, 또는 한 집안의 가장으로서 이룬 성취가 적지 않았을 터이다. 늦은 은퇴 끝에야 얻은 귀하디귀한 여유로 보인다. 이제 잔류자도 떠난다. 떠난 이 뒤에 남는 이는 누군가? 이처럼 왜 그는 떠나기만 하려거나 이별만 하려는 것일까? 떠나서 어디로 가려는지, 가서 무엇을 하려는지는 말하지 않는다. 비겁과 기만과 배반이 넘치는 이곳엔 그가 사랑하는 이들이 있고, 그리운 바다와 어린시절이 깃들인 곳이다. 지켜야 할 곳이기도 하다. 그래서 떠나지 못한다. 먼저 떠난 이들의 배반과 비겁을 탓했지만, 그 자신에게도 '비겁'은 이처럼 버릴 수 없는 숙명인가.

떠나는 사람이 되고 싶다
성에 낀 창가에 서서
손 흔들어 보내는 사람보다
흙먼지 바람 이는 삭막한 거리
바래줄 사람 아무도 없는
혼자서 떠나는 사람이 되고 싶다

떠나서는 어디론가 가는 사람……
떠나면서 더러는 뒤돌아보며
한 번쯤 웃음으로 손 흔들며
척박한 땅 겨울 찬 하늘에
눈물 감추지 못하더니

모두가 떠나는 것이 되고
보내고 돌아오는 길에
허전한 이 손,

오고 가는 바람을 모른다면
아 떠나며 돌아올
우리의 플랫포옴은 어디인가!

그래도 떠나는 사람이 되고 싶다
모두를 떠나보내고
맨 나중 홀로 서서
바래주는 사람도
바램받는 사람도 없는
혼자서 떠나는 사람이 되고 싶다

「잔류자의 노래」/ 첫 시집에서

젊은 시절 뜻을 같이하던 '동지들'을 치송하고 끝내 잔류자로 자처하며 남아 노래하던 시인이, 이제 떠난다고 한다. 그동안 시대의 뒷전에서 양심과 정의를 지키며 숱한 어려움과 일을 치렀을 터이다. 그만큼 떳떳하고 홀가분하다. 그러니 돌아오는 일도 부끄럽거나 어렵지 않다. 그러니 오히려 이젠 떠나지 않아도 될 일이 아닐까 싶기도 하다.

3. 생명의 확인－회생기의 노래

「회생기의 노래」는 어떤 계기로 한동안 이승과 저승 사이 누른내(황천)를 오가던, 힘들었던 체험을 엮은 것으로 보인다.

마음은 몸에 깃들인 것이어서 몸이 없으면 마음도 사라진다. 그래서 따로 떼어 말하기가 어렵지만, 편의상 떼어서 얘기하기도 한다. 마음을 '느낌, 생각, 뜻' 세 가지로 나눈다. 느낌은 먼저 몸으로 온다. 생각으로 느낄 때도 있는데, 이는 몸과 마음으로 겪은 바가 많을수록 더한다. '생각'은 느낌과 앎, 판단들이 어울려 움직인다. 마음의 가운데쯤을 차지한다. '뜻'은 느낌과 생각이 뭉쳐 굳은 것이다. 믿음, 의지 같은 것으로, 마음 안쪽 깊이 자리 잡는다. 이를 '줏대'라기도 한다.

생각, 느낌은 말로 드러낸다. 겪어서는 안 될 몹쓸 일이긴 하나 이런 체험을 말로써 살아 있음을 확인한 것이 저「회생기의 노래」다. 이를 겪지 않은 이로서는 읽어 내기가 어렵다.

건널 수 없는 낭떠러지
넘을 수 없는 넓은 강물
어떻게 날아왔을까

죽음의 소용돌이
그 검은 나이테를 돌아
무지개다리 타고 왔을까

돌아보면 갈 수 없는 나라
비껴 서면 쏟아지는 빛줄기
꿈이 아닌 한낮의 작렬하는 생명이여

「회생기의 노래 1」

낭떠러지, 넓은 강물, 소용돌이를 뛰고 건너고 헤쳐서 오게 한 그것은 무엇일까? 저 아련한 무지개가 이어주었을 터이다. 결국 다시 가야 할 날이 있겠지만, 시인은 한번 갔다 왔으면서도 '갈 수 없는 나라'라고 겸손해 한다.

바람이 아니었다면
이 아침 그대 미소 볼 수 없겠지
저 강물 이 가슴에 흘러오지 않겠지
바람이 아니었다면
사랑이 아니었다면
한 줌 흙도 찾지 못해
검은 허공 떠도는 민들레 꽃씨 되어
어느 삭정이나 돌덩이의 이끼 위에 앉아
달 없는 밤이면 쏟아지는
별빛만 바라보고 있겠지
이름도 잊어버리고 잊혀지면서

「회생기의 노래 7」

'바람'은 특히 정봉렬 시인이 즐겨 쓰는 말 가운데 하나다.

회생길을 있게 한, 또는 그 길에서 만난 또 하나의 무엇이 '바람'이다. 그것은 그대의 웃음을 보게 하고, 가슴에 강물을 흐르게 하고, 살아 있음을 확인하게 한다. 사랑과 동격으로 읽힌다. 각성, 생명과 일깨움, 곧 '숨'

이기도 하다.

정봉렬 시인에게서 '바람'은, 난봉꾼 · 훼방꾼(「누명」, 「탄핵」, 「면책」, 「적중」)이기도 하고, 세태나 흐름, 변덕(「약속」)으로, 무위(「탄핵」), 무책임(「면책」), 이념 · 조짐(「비겁한 자를 위한 변명」), 타의(「보기에 따라서는」) 들로도 나타난다. 물론 풀잎을 눕히거나 살갗을 스쳐 가는 바람이 많다.

4. 새로운 관심과 형식, 사전풀이

무엇보다 정봉렬 시인이 세 번째 시집에서 '새로운 먹거리'를 장만한 듯하여 반갑다. 제1부에 보이는 스무 마리 안팎의 작품들(「누명」, 「탄핵」, 「표적」, 「익명」, 「갈등」, 「허물」 …)과 제2부의 「반연식물」을 비롯한 몇몇 작품들은 사전의 낱말풀이에 견줄 수 있겠다.

통상 사전에서는 낱말의 뜻매김(정의)과 그 쓰임새를 보여 준다. 어떤 말은, 본디 뜻은 하나였으나 번진 뜻이나 가지 친 뜻이 적잖은데, 풀이가 길어지고 쓰임새도 갖가지다. 꼴바꿈도 보여 줘야 하지만, 그것도 뭉뚱그려 고갱이만 보여 주는 데 그친다.

하지만, 시에서는 사전적 낱말풀이 틀에 얽매일 필요가 없다. 시인이 하고자 하는 말을 새롭게 풀어 엮으면 그만이다. 정봉렬 시인의 박학과 고전 취미, 비판정신이 더하여 앞으로 숱하게 일궈 낼 '거리'가 될 만하다. 부디 슬기로운 늙은이의 괜찮은 '잔소리'가 되길 바란다.

칡과 등나무는 같은 종족이면서
만나기만 하면 서로 뒤엉켜 싸운다
그런 원수가 따로 없다
등나무 줄기는 오른쪽으로 돌아가고
칡넝쿨은 왼쪽으로 휘감는다
풀리지 않도록 매듭을 끝없이 맺는다
황금의 손을 가진 마이다스
그의 아버지 고르디아스의 매듭보다
더 풀기 어려운 숙제를 남긴다
알렉산더대왕의 장검으로도
관운장의 청룡언월도로도 잘라 내지 못한다
임시방편으로 조정이라는 속임수를 쓴다
같은 콩과식물이라는데
등나무는 우파인 것 같고

칡넝쿨은 좌파인 것 같다

「갈등葛藤」

등나무와 칡넝쿨이 자라는 습성을 인문의 눈으로 살핀 글이다. 마이다스, 고르디아스, 알렉산더나 관운장이 들어 눈을 어지럽히는 바가 있으나 뜻글자 아닌 영어('conflict') 제목으로는 이런 얘기가 풀려 나올 것 같지 않다. '좌 · 우'와 관련하여 재미나는 얘기로「새끼 꼬기의 추억」(2부)이 있다.

5. 그리움의 실체를 찾아서

정 시인이 놓지 못하는 것 하나는 '그리움'이다. 그것은 그리 멀리 있지 않았다. 고향, 섬, 바다, 어린시절들이다.

새벽을
함께 마중하지 못하지만
겨울밤을

같이 잠들지 못하지만

언제나
가슴속에 피어나는
아지랑이 같은
아련한 그리움

「고향」

그곳에 동틀 녘도 노을도 있다.

아침이 오기 전에
가장 짙은 어둠이 있지

산비탈 굽이굽이
끊어지는 벼랑 끝에 다다라서야

비로소 볼 수 있지
저 멀리서 손짓하는 바다를

이제 먼동이 트면

봄도 기지개를 켜고 일어나겠지

「회명晦明」

기다림에 지쳐
발가벗은 하늘 끝에
주저앉은 그리움

부딪칠 듯 멀어지고
부서질 듯 다가오며
사라져 가는 얼굴

「노을」

이처럼 여명과 노을을 사랑하는 걸로 봐서, 시인의 유년은 꽤나 유복했던 것을 알 수 있다. 더구나 이순을 지나 머잖아 고희를 앞둔 이에게 떠날 곳, 돌아갈 데가 있다는 것은 복된 일이다. 그동안 배고픈 시절을 배부른 시절로 바꾸고, 숱한 세월 민주주의와 통일 문제를 붙들고 고뇌해 온 '지사'로서의 삶에서, 이젠 선생 그만 찾으시고 스스로 '선생' 줄에 앉아도 될 때가 아닌가 싶다.